하루가 미안해서

하루가 미안해서

사소해서 더 아름다운 삶의 작은 조각들

퍼블리터

미안해
그리고 고마워

고마움 뒤에 찾아오는
알 수 없는 미안함

마감 날짜를 맞추려고 밤샘을 밥 먹듯이 하던 시절이 있었다. 지금은 체력이 달려서 밤샘하려고 진하게 커피를 타서 마셔도 그때뿐 새벽 3시를 넘어가면 저절로 눈이 감긴다. 몸도 마음도 시간을 거스를 수 없다는 진리를 깨닫는다.

커피에 의지해서 각성하듯 그린 그림을 출판사에 팔고 받은 돈으로 삼겹살도 사 먹고, 술도 사 먹고, 커피도 사 먹었다. 그래도 남은 돈으로 종이와 연필을 샀다. 그리고 다시 그림을 그렸다.

"너 사는 거 보면 꼭 네 그림하고 닮았다."

친구들이 날 보면 농담처럼 하는 말이다. 그런 것 같기도 하고, 아닌 것 같기도 하고….

프리랜서 일러스트레이터라는 직업이 한편으로 보면 복잡한 세상 한없이 편하게 사는 것처럼 보이기도 한다. 작업이 없는 시간에는 동네 도서관 한쪽 구석에 앉아 시간을 때우거나 선배 디자이너 퇴근 시간에 맞춰 홍대나 합정동으로 달려가 슬며시 엉

겨 붙었다. 그래도 싫은 내색하지 않고 잘 사주는 선배 덕분에 밥이며 술이며 좋아하는 커피를 실컷 얻어먹었다. 커피가 너무 마시고 싶은데 돈이 없을 때에는 카페에서 커피를 미리 주문하고 마시면서 선배를 기다린 적도 있었다.

〈하루가 미안해서〉는 그런 시간들의 흔적이다. 내 이야기이자, 내 주변의 이야기이다. 그들이 사는 모습을 십시일반 담아서 한 권의 책으로 묶었다.

고마움 뒤에 찾아오는 알 수 없는 미안함이 있다. 그 미안함을 또 다른 고마움으로 돌려드리고 싶다. 하루가 미안해서 또 하루가 고마워서. 이 책이 나오기까지 텀블벅 크라우드 펀딩을 통해 후원해 주신 분들과 책 발행을 위해 고군분투하신 퍼블리터 정재학 대표님께도 감사 인사를 드린다.

2018년 6월
일산에서 김학수

차 례

1장

부치지 못한
편지

은행나무 이층집

현관.

내방 창문.

건넌방
(나중에 세를
주었다.)

친구가 앉아서
놀던 베란다.

샷시집
(창틀이나 뭐
이런거 알미늄으로
만드는 공작소)

대전에 내려갈 때면 뭔가에 이끌리듯 발걸음이 옮겨지는 곳이 있다. 유년시절을 함께 했던 은행나무 이층집. 내 키가 그렇게 커진 것도 아닌데 골목은 작아 보였고, 지금은 문이 굳게 닫힌 일층 샷시집과 이층 창문을 제외하곤 모든 것이 바뀌었다. 차곡 차곡 땅속에 쌓인 지층같은 흔적들이 잠들어 있던 내 기억을 깨운다.

세 친구가 있었다. 스무 살에 세상을 떠난 친구 영제와 험난한 세상을 헤쳐가고 있는 규호, 그리고 그 기억을 더듬고 있는 나. 보고 있냐, 나쁜 자식.

우리 셋만큼은 어른이 되어서도 함께 하자고 그렇게 약속했는데…. 사진첩 속 영제는 아직도 소년시절 그대로다. 그렇게 어른이 되기 싫었던 거냐?

괜스레 은행나무에 손을 얹어 보았다. 나무도 나를 가끔씩은 그리워했을까? 올해도 변함없이 은행이 많이 달렸다. 가을에 기다란 장대로 툭툭치면 소나기 쏟아지듯 후두두둑하고 빗소리를 냈는데. 넌 그대로구나.

아부지와 목욕탕

겨울이면 한 달에 한 번 아부지
손에 이끌려 가야했던 곳

어른은 800원, 아이들은 400원, 7살이 안 된
동생은 무료였던 걸로 기억한다.

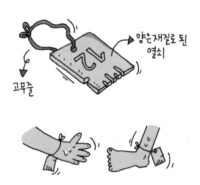

목욕탕 입구에서 주인 아주머니께서 내주시던 작은
열쇠. 손목이나 발목에 이렇게 걸고 다녔다

온탕 속에 가득하던 어마무시한 사람들.
탕이 뜨거워 발만 담그고 있으면 아부지는
찬물을 살짝 끼얹으며 탕 속으로 나를 이끌었다.

좁고 긴 탕 주변에 모여 불린 때를 밀었다.
아부지 손이 훑고 지나간 자리엔 국수같은
때가 후두둑 떨어졌다.

두 형제 때를 밀어주고 당신은 혼자 때를 미셨다.
등만 밀어달라고 하셨던 아부지의 그 등이
엄청나게 넓었던 기억이 난다.

목욕이 끝나면 커다란 평상에 앉아 옷을 갈아
입었다. 그때 먹었던 단지우유는 지금 내가 아부지
나이가 되었어도 잊히지 않는 달콤함으로 남아 있다.

겨울이면 피어나는 그 시절 아부지와의 빛나는 기억들.
이젠 할아버지가 된 아부지의 작은 등을 큰 손으로 쓰다듬는
다. 야윈 등허리가 지나온 세월이 시렸음을 말하는 것 같다.

아
버
지
의

일
터

지금은 은퇴하셨지만 목수 일을 접고 말년에 빌딩 경비원으로 몇 년 간 일하신 적이 있다. 추석이라 대전에 내려간 김에 아버지께서 어떤 곳에서 일하는지 찾아 뵈었다.

빌딩의 작은 경비실이었다. 당시 칠순 가까이 된 연세였는데 그래도 일을 할 수 있는 것에 감사해 하셨다. 아버지가 앉은 곳에서 밖을 보니 건물 입구가 한눈에 들어왔다. 연휴라 들고 나는 사람들이 없어서 한결 수월하다고 하셨다.

하루 종일 이 좁은 곳에서 일을 하시는구나…. 알 수 없는 미안함이 밀려왔다. 오래되어 보이는 낡은 TV속에선 한복을 입은 연예인들이 추석특집 프로그램에 나와 저마다 장기를 뽐내고 있었다.

26

엄마의 미용실엔 화분이 많다. 겨울에도 녹색 잎들이 가득하다. 혼자 일 하시는 이 곳은 엄마의 일터이자 삶의 현장이다. 야쿠르트 아줌마가 문을 열더니 한 봉지 가득 야쿠르트를 내려놓고는 간곡한 부탁의 말을 조심스럽게 꺼낸다.

"원장님, 낼모레 수금 좀 해 주세요."

"손님이 없어서…, 아휴 다음 주에나 될 것 같아요."

야쿠르트 아줌마는 조금 아쉬운 표정으로 미용실 문을 나섰다. 엄마가 건네준 야쿠르트 하나를 손에 들고 천천히 미용실을 둘러보았다. 자신이 일하는 공간은 그곳에 있는 사람과 닮았다는 생각을 했다. 엄마 냄새가 곳곳에 배어 있는 이 공간. 오래도록 이 자리에 머물러 있었으면 좋겠다.

지방 작은 도시에서 미용실을 하는 엄마.
김치 담궈 놓았으니 가져가라는 전화에
고속도로를 두 시간 달려 찾아갔다.

덥수룩한 내 머리를 보더니 대뜸 목에 보자기부터
두르신다. 김치 말고도 여러 밑반찬을 챙겨 놓으셨다.
떨어져 살다보니 이것 저것 챙겨주고 싶으신가 보다.

"이런 기술이라도 있으니까 먹고 살지!
이 나이에 어디가서 일을 하겠니?"
오전에 손님들 머리 하느라 바쁘셨던 모양이다.
뒤늦은 점심으로 따뜻한 돌솥밥을 사주셨다.

엄마라는 이름으로 40여 년을 자식들 뒷바라지에
고생하셨다. 돌아오는 차 안에서 나도 모르게 울컥했다.
사는 동안 엄마에게 얼마나 효도를 할 수 있을까?
그냥, 고맙고 미안하고 사랑합니다.

부부의 인연이라는 말

몇 년 전 전립선암으로 수술을 받으신 장인어른. 이번에는 방광 쪽에 담석이 세 개나 발견되어 1년 만에 다시 수술을 받으셨다. 수술 경과가 좋다는 의사선생님 말씀에 가슴을 쓸어내린다. 점심을 갖다 드리러 병실에 들렀더니 곤히 주무시고 계신다. 환자 침대 옆 좁은 보호자 침대에 웅크린 자세로 잠든 장모님의 구부정한 뒷모습에 가슴이 먹먹해졌다.

부부의 인연이란 말이 떠올랐다. 남편과 아내라는 이름으로 가족을 이루고 한 평생 자식들 뒷바라지에 자신들은 늘 뒷전에 머물러 있는 삶. 이제 조금 살만해 졌는데, 시간은 늘 한걸음 앞서 간다. 여행도 다니고, 맛있는 것 드시면서 편히 지내시라고 아내는 핀잔 같은 잔소리를 하지만 그때마다 돌아오는 대답은 항상 똑같다.

"너희들 잘 먹고 잘 살면 엄마, 아빠는 그것으로 만족한다."

잠을 깨우려는 아내 손을 붙잡고 조용히 병실을 빠져나왔다. 모진 세월, 고통을 등에 지고 살아도 자식들에게 만큼은 세상살이 좀 더 수월하라고 부모라는 이름으로 감내하신다.

부부의 연을 맺고 시간이 지나 부모가 되면 누군가의 엄마, 아빠 뒤로 이름을 감추고 산다. 병실 문 앞에 적힌 이름을 보고 나서야 알게 되었다. 누군가의 아빠가 아니라 한 아내의 남편이자 가장이었다는 것을.

눈이 가려워 긁었더니 결국 탈이 나고
말았다. 한 쪽 눈으로 세상을 보니 소중한
무언가를 놓치고 사는 기분이 든다.

백수와 조폭 사이

비 오는 날 학교 앞은 등교하는 아이들과 차량이 뒤엉켜 혼잡하다. 아내는 다 큰 녀석 가방 들어주지 말라고 그렇게 신신당부를 했는데 아내 몰래 큰 아이 가방을 들어주러 나왔다. 이러다 아내한테 또 한소리 듣겠구나 싶은 날이다. 우산을 씌워주러 나온 엄마들 틈바구니에서 밤샘 작업하다 나온 몰골로 뻔뻔하게 등굣길에 합세했다. 부스스한 머리며 뿌연 안경 너머로 아이들 뒤통수만 보인다. 어느새 도착한 학교 정문. 가방을 건네주고 돌아 서는데 큰 아이가 부른다.

　"아빠 고마워."

　웃음으로 아이를 보내고 돌아섰다. 그러고나서 며칠 뒤, 아내는 미심쩍은 표정으로 내게 묻는다.

　"당신, 혹시 지난번 비 오는 날 교문 앞에서 가방 들어주면서 서 있었어?"

　"응, 왜?"

내 대답을 듣더니 아내는 절대 다시는 그렇게 하지 말라며 소리를 높인다. 누군가가 내 모습을 보고 민서 아빠 백수냐고 한 모양이었다. 어떤 엄마들은 한술 더 떠서 조폭이 틀림없을 거라면서 쑥덕댔다고 한다.

머리는 뒤엉켜서 부스스한 데다 목이 늘어난 흰 티셔츠를 입었지, 거기에 어렸을 적 다친 왼팔과 왼 다리의 상처는 또 얼마나 공포 분위기를 조성했을까?

그 뒤로는 비가 아무리 많이 오고, 눈이 아무리 많이 내려도 아이의 가방을 들어주는 일은 할 수 없게 되었지만, 졸지에 백수와 조폭이 되어버린 것에 대한 해명은 언제쯤 할 수 있을지 아직도 오리무중이다.

이제 초 여름인데 밖은 벌써 30도를 훌쩍 넘었다.
선풍기를 틀어 놓으니 때는 이때다 싶어 콩지 녀석이 한 자리
차지하고 눕는다. 도서관을 가려다 잠시 멈췄다. 너도 덥겠지.
선풍기를 켜놓고 가야 하나 고민하다가 그냥
눌러 앉았다. 긴 하루가 다 갔다.

조금 전까지 응급실에 있다 오는 중이다. 큰 아이 발바닥에 연필심 세 개가 박혔는데 두 개는 아내가 핀셋으로 꺼냈고 가운데 박힌 하나가 안 빠져 응급실 엑스레이로 찍어보니 2cm 정도 되는 연필심이 수직으로 발바닥 한 가운데 박혀 있었다.

이불을 덮으려고 일어서다 걸려 넘어졌는데 하필이면 바닥에 있는 연필통을 밟은 것. 한밤의 응급실은 그야말로 아수라장이었다. 여기저기서 들려오는 환자들의 신음 소리와 취객들의 고성, 그리고 그들을 진정시키는 간호사들의 다급한 목소리까지.

딸 아이의 상황은 다른 환자들에 비해 괜찮다고 생각했는지 수액 바늘만 꽂아 놓고 간호사들은 다른 환자들을 보기 위해 빠른 걸음으로 뛰어 다니고 있다.

한 시간을 넘게 기다린 후에야 의사가 상황을 살피러 왔다. 내심 화가 나기도 했지만 아픈 아이 앞에서 대놓고 성질을 부릴 상황은 아니었다. 부분 마취를 하고 엑스레이에 찍힌 연필심을 찾느라 얇은 핀셋으로 발바닥을 헤집을 때마다 아이는 비명에 가까운 소리를 질렀다.

그렇게 이십여분을 헤맨 끝에 핀셋 끝에 달려 나온 뾰족한 연필심 하나. 아이 손을 잡고 있던 아내가 큰 웃음을 짓는다. 의사선생님 얼굴도 온통 땀투성이다. 의사선생님은 안도의 한숨을 토해내며 연필심 하나 찾기가 이렇게 힘들 줄 몰랐단다.

흘린 땀을 훔칠 겨를도 없이 응급실 밖에서 울리는 요란한 사이렌 소리에 의사선생님은 또 어디론가 사라진다. 숨가쁜 한밤의 응급실은 마치 지옥과 천국을 오가는 세상의 경계 어디쯤에 서 있는 것 같다. 진땀 나는 하루가 간다.

때론 마음이 허기진 날도 있다

노랗게 물든 손가락

출판사 미팅이 있어서 집을 나서는 길. 몸살감기로 힘들어 하
는 아내가 몸을 반쯤 일으켜 배웅을 한다. 아이들 돌보느라, 철
부지 같은 남편 챙기느라 연일 고생을 한 터. 약속을 미룰까 하
다가 아내에게 한소리 들었다.

　일 할 수 있음에 감사하라고, 당신 같은 프리랜서들은 작업이
있는 곳이면 어디든 뛰어갈 수 있는 준비가 되어 있어야 한다고
했다. 출판사 미팅도 하고 사람들 만나서 수다도 떨고 오라고 한
다.　바깥 날씨보다는 혼자서 힘들 아내가 걱정돼서 한 말이었는
데….

　두 시간 미팅을 마치고 근처 선배 일러스트레이터 작업실에
들러 수다도 떨고 저녁엔 또 선배 디자이너 분들과 함께 술도 한
잔 했다. 붙잡는 선배들에게 오늘은 좀 일찍 가봐야 한다고 말하
고 자리를 털고 일어섰다.

　집 근처 버스정류장에서 내려 동네 과일가게에 들러 귤 한 봉

지 샀다. 아파트 앞 가로등 위로 고개를 들어보니 누군가 손을 흔든다. 집에 도착하니 서울 나갔던 일은 잘 되었냐, 저녁은 먹었냐, 폭풍 질문을 쏟아내는 아내. 아이들도 엄마가 아픈걸 아는지 일찍 잠이 들었단다. 봉지에서 귤을 하나 꺼내 아내에게 건넨다. 상큼한 귤 냄새가 식탁 위로 번진다. 노랗게 물든 손가락이 웃고 있다.

2460번 고객님
내시경실로 들어오세요~

네

생애전환기 건강검진을 받으러 간
아내를 보면서 영화 한 편을 찍고….

부치지 못한 편지

일기장을 뒤적거리다 발견한 편지 한 통. 자세히 살펴보니 수신자가 아버지로 되어 있다. 써놓고 차마 부치지 못했던 편지다. 다시 읽어보니 어디론가 숨어버리고 싶을 정도로 부끄러워진다. 편지 속에 아버지를 원망하는 마음으로 가득찬 유치한 문장들과 볼품 없는 글씨들이 난무했다.

아버지를 미워했던 그 시간들을 지금에서야 이해할 수 있게 된 것은 아마 상처투성이였던 어린 내가 조금은 성장했기 때문이리라. 20년 동안 부치지 못한 편지를 찢었다. 그리고 아버지에게 다시 편지를 썼다. 아버지가 내 아버지여서 좋았다고. 사랑한다고. 그리고, 건강하시라고.

문화센터에 함께 다니는 아이들이 이은결마술쇼를 보러간다고 해서 다른 부모들과 아이들을 따라 왔다. 공연장에 도착하자 약속이나 한 듯이 부모와 아이들이 갈라선다. 아이들은 공연장 안으로, 어른들은 공연장 밖으로. 어른들이라고 마술쇼를 싫어할리는 없다. 다만 만만치 않은 입장료 탓에 선뜻 공연장 문턱을 넘지 못하는 것일 뿐.

　아이들 덕분에 친해진 형님과 공연장 한쪽 휴게실에서 '마법'에 걸린 듯 꾸벅꾸벅 졸며 지루한 시간을 보냈다. 두 시간 가까운 공연이 끝나고 아이들이 쏟아져 나온다. 공연이 재미있었는지 붕 뜬 듯한 표정에 얼굴도 밝그랗게 상기되어 있다.

　'그래, 그거면 충분해. 나에겐 마법 같은 아이들이 있는 걸.'

노예 계약서의 휴유증

주말 저녁 가족들이 잠들기를
기다렸다 밀린 책을 읽었다.

새벽 서너시쯤 소파에 누웠던 기억은
있는데 아침에 눈을 떠보니 거실 매트 위에
이상한 자세로 누워 있다.

책상 위 스탠드를 켜놓고 잠들었다가 새벽에
깨기를 반복했다. 밀린 작업이 영 진척이 없다.

쓰고…지우고…쓰고…찢고…찢고….

가족들을 위해 몇 개의 노예계약서에
사인한 것에 대한 후유증. 그래도 덕분에 먹고 산다.

몇달 만에 아이들을 데리고 한 서울 나들이에 내가
더 설렜다. 인사동에서 꿀 타래와 똥빵을
사먹고 청계천길을 걸었다.

교보문고에서 책 몇 권과 필통을 사고
기분 좋아하던 아이들.

집으로 돌아오는 버스 안에서 머리를 맞대고 잠든
두 딸의 모습이 눈에서 쉽게 지워지지 않는다.

맞장

겨울도 아닌데 아침부터 불어오는 바람이 거의
강풍 수준. 스키점프의 각도로 맞바람을
맞아도 쓰러지지 않는다.

머리 손질

자르고,

볶고,

자르고,

크리스마스 날 아침 교회에 갔다가 아이들과 같이
미용실에서 묵혀 두었던 머리를 손질했다. 한 해를 마무
리하는 기분으로 머리를 하니 잘려진 머리카락만큼이나
복잡했던 머릿속이 한결 가벼워진 느낌이다.

더
블
데
크
　
카
세
트

이틀 연속 영화 시청 중. 〈인사이드 르윈〉과 〈남자가
사랑할 때〉. 시린 가슴에 퍽하고 와서 꽂힌다. 영화 속
주인공인 르윈 데이비스와 황정민의 표정 하나 몸짓
하나가 애절해 안타깝고 뭉클하기까지 했다.
영화 속 기타 연주가 일품이다.

　고2 때 친구 규호한테 기타를 배워서 미친듯이 쳐댔는데 동네 사람들이 시끄럽다고 외할머니께 뭐라뭐라 한 마디씩 했단다. 그래도 질풍노도의 시절이라 조금은 이해 해주시기도. 엄마한테 디지게 혼나서 기타 압수 당하고는 친구 기타 빌려서 학교 운동장가서 아르페지오 연습을 했다. 이정선 기타교실 타브 악보가 정말 큰 도움이 되었다는….

동물원과 김광석, 조덕배, 조하문, 들국화의 노래를
기타로 치기 쉽게 코드를 바꿔서 부르기도 하고
녹음해서 불러보기도 했다.

내가 어렸을 적엔 중동 건설 노동자로, 중학생 때는
꿈에서 건축 일을 하신 아부지의 유일한 취미는 흘러간
옛날 트로트를 틀어놓고 흥얼흥얼 따라 부르는 거였다.
아부지는 풍류를 아신다.

아부지한테 전화드려야겠다.

긁어 부스럼

굳은 살을 잘라낸다는 것이 그만 생살을
잘랐다. 새끼발가락 피가 멈추질 않는다.

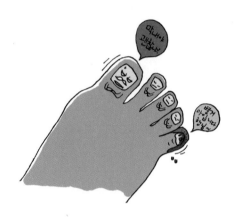

휴지를 몇 겹 접어서 발가락 사이에 끼워 놨는데,
어느새 방울방울 올라온 붉은 기운이 욱신거림으로
바뀌었다. 곪어 부스럼이라는 말, 괜히 있는게 아니었어.

2장

을(乙)러스트레이터로
사는 법

아
무
일
도
없
던
날

책을 보러 나간 건지, 작업을 하러 나간 건지 아니면 혼자 있고 싶었던 건지 알 수가 없다. 카페 2층 창가 자리에 앉아서 한참 동안이나 아래를 내려다 보았다. 퇴근시간이 아직 멀어서 그런지 거리는 한산하다. 디자인하는 선배로부터 걸려온 전화를 받고 한참을 통화하다 전화를 끊고 보니 7시가 다 되었다. 식은 커피를 몇 모금 마시며 주섬주섬 짐을 챙겼다.

그러고보니 오늘은 아무 것도 한 일이 없다. 그림도 한 장 못 그렸고 책도 몇 페이지 못 읽었다. 아무렴 어때. 이런 무의미한 시간도 가끔씩은 필요하겠지.

마음을 다해 대충 그린 그림

일본 유명 일러스트레이터 안자이 미즈마루의 〈마음을 다해 대충 그린 그림〉이란 책을 골랐다. 2011년 3월 발간된 이 책은 일본 잡지 'ILLUSTRATION'에 실린 글과 그밖의 인터뷰 등을 엮은 책이다. 책 전체를 관통하는 기인과 같은 저자의 행보는 자유 그 자체였다. 2014년 3월 19일 뇌일혈로 사망해서 작가의 그림을 더 이상 볼 수 없는 것이 아쉽다.

극도의 미니멀리즘을 추구하는 것처럼 보이는 그의 단순한 그림이 사실은 수천, 수만 번의 고뇌와 노력, 그리고 오랜 숙련 과정을 통해서 나온 숙성된 그림이라는 것을 알 수 있었다.

책에는 무라카미 하루키와의 만남과 함께 작업한 이야기들이 자세하게 기록되어 있다. 한 사람은 글을 쓰는 작가로, 또 한 사람은 책에 들어가는 그림을 그리는 작가로 우정을 키워왔다고 한다. 살면서 이런 친구 하나 있었으면 좋겠다는 생각을 했다. 간결한 그림 하나를 그려주면 그에 맞는 담백한 글을 써줄 수 있는….

티본스테이크와 소다수

일러스트레이터로 처음 활동을 시작하면서 홈페이지가 필요했다. 도메인 주소를 만들기 위해 수많은 단어들을 입력해봤지만 어지간한 단어들은 모두 주인이 있었다.

콜라와 피자를 시켜놓고 동생과 반나절 동안 머리를 싸맸지만 뾰족한 이름이 떠오르지 않았다. 그러던 중 동생이 무심코 소다수라는 이름을 입력했는데 중복된 이름이 없다고 뜨는 것이 아닌가.

피자를 우물거리며 콜라를 들이키는 날 보면서 갑자기 그 단어가 생각났다고 했다. 이렇게 해서 생겨난 내 닉네임이 바로 소다수다. 한편으로는 짜장면이나 삼겹살을 먹으면서 도메인을 찾지 않기 천만다행이라는 생각도 해본다.

언젠가 단행본 작업 때문에 알게 된 저자와 광화문에서 식사를 한 적이 있다. 닉네임을 티본스테이크라 칭하던 재미있는 분이었다.

어떻게 티본스테이크란 닉네임을 쓰게 되었는지 물었더니 외국 유학시절 먹은 티본스테이크가 머릿속에 너무 강렬하게 남아 책에 들어갈 저자 이름으로 티본스테이크를 떠올렸다고 한다. 다행히도 영어책이라 저자 이름으로 잘 어울렸다.

책 작업을 하면서 알게 된 저자들과 가끔 식사를 하다 보면 밥 먹는 스타일도 제각각이다. 밥은 먹지 않고 고기와 반찬만 먹는 스타일도 있고 아침과 점심 사이에 만나 브런치를 즐기는 스타일도 있다.

함께 밥을 먹어보면 그 사람의 성격이나 스타일도 많이 알게 되는데 묘하게도 그런 특징들이 작업 과정에 그대로 드러난다. 가끔 된장찌개와 까르보나라처럼 잘 어울리지 않는 조합을 엮어내기 위해 고심해야 하는 때가 있는데 그런 면에서 티본스테이크와 소다수는 설명이 필요없는 찰떡궁합이 아니었을까?

세상 사는 게

포스트 잇 같은걸 붙여 놓았다.
이상한 캐릭터 같은게 그려져있다.

괜시리 불에 비춰본다 (의미없음)

바쁠땐 바쁜척

늘어난 티셔츠 (작업복)

파자마 차림

①

아침에 일어나 가장 먼저 하는 일은 물 마시기.

칸을 미리 그려 놓기도 한다.

잉크 (카트리지)

요즘은 무조건 많이 그리기, 일 많이 하기가 목표다. 내년에 큰 녀석이 중학교에 간다. 돈도 많이 벌어서 녀석에게 아빠로서 도움이 되야 하기 때문에 코피 터질 정도로 해야 할 것 같다. 세상 사는게 고민의 연속이다.

밥 먹어 콩지~ 배고팠지? 응? 아니라구? 그래도 먹어라!

양았다개 드러가

② ③ 웹툰은 그냥 그리면 되는 건가? 그냥... 뭐...

어~ 에베이나 마무리해.

④

A

내 마음속 고양이

우리집 귀염둥이 콩지(암컷)한테 밥을 준다. 하지만 바로 먹지 않고 지 기분 내킬 때 먹는다.

"이런 캐릭터들은 어떻게 만들어요?"

출판사 편집자들과 작업 관련 미팅을 할 때면 캐릭터에 대한 얘기가 빠지지 않고 등장한다. 초등학생들이 보는 참고서나 문제집, 단행본에 들어가는 사람 하나까지, 캐릭터가 나오게 된 배경을 궁금해 한다.

'딱히, 배경이라고 할 건 없는데….'

메모지나 수첩에 무심코 끄적거렸던 낙서들이 새로운 발견이 되기도 하고 살아오면서 스쳐 지나갔던 여러 동물들이 무의식 속에서 불쑥 고개를 내밀기도 한다.

강아지나 고양이는 어린 시절 집에서 살다가 먼저 하늘나라로 간 누렁이, 찬스, 초코를 모델로 삼은 경우이고 오리나 토끼, 판다곰 같은 아이들은 단행본 책 작업을 위해 연습하다가 나왔다.

이런 친구들이 있었기에 그동안 먹고 살았다고 해도 과언이 아닐 정도로 캐릭터는 내 생활에서 떼려야 뗄 수 없는 존재들이 되었다.

　토이스토리에 나오는 우디나 버디처럼 책 속에 있던 아이들이 살아서 나오면 정말 좋겠다. 같이 밥도 먹고 놀이공원도 가고 가족처럼 지낼 수 있었으면. 책상 앞에 앉아 별별 상상을 하다보면 시간 가는 줄 모른다.

마
감

끝날 때 까지 끝나지 않은,
죽을 때 까지 죽지 않은,
그런 시간의 연속.

시
안
작
업

몇 개의 시안작업으로 계약이 결정된다. 누군가
작업을 의뢰하면 그에 맞게 일러스트를
그려 보내고 결과를 기다린다.
겉으로는 쿨한 척 해보여도 초조하다.

통장 잔고에 따라 출렁거리는 소비 패턴. 지인들에게 밥을
사거나 함께 커피를 마시는 것만으로 작은 행복감이 든다.
"어서 빨리 드루와~내 연필춤(칼춤) 한번 멋지게 춰 드릴테니!"

일을 하려고 자리에 앉으니 대전 집에 있는 아부지의 안마기가
그리워진다. 꾸부정한 자세로 오래 앉았더니 허리가 욱신거린다.
외계인처럼 안마 해주던 네 손길이 그립구나.

옛날부터 사 모은 노트를 요즘 하나씩 꺼내 사용하고 있다.
앞으로 몇년 간은 이 노트들로 충분할 듯. 특히 수채화 용지의
두툼한 질감과 냄새는 무언가 막 그리고 싶은 충동을 느끼게 한
다. 이 노트들이 내게 행운을 가져다 줄 수 있을까?

새
연
필

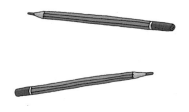

길고 곧게 뻗은 연필 끝을 잡고 커터 날을
밀어 넣는다. 의식을 치르듯 숨죽이며 손목 힘만으로
연필을 돌려가며 고르게 깎아낸다.
연필에서 떨어져 나온 조각들을 한 곳으로
모으고 연필심을 뾰족하게 한다.
티슈 위에 흑연 가루가 쌓인다.
새 연필에선 좋은 향기가 난다.

믹스커피와 함께 라면

원두커피는 느긋한 느낌이야. 하지만 믹스커피에는 원두커피에 없는 뭔가 특별한 것이 있지. 에너지가 팡팡 도는 느낌. 올빼미 선배들은 하나같이 믹스커피 예찬론자들이야.

마시면 금방 힘이 솟고, 기분이 좋아지는 즉각적인 느낌만은 아니야. 알 수 없는 제 2의 힘이 생긴다고 해. 그 힘이란 바로 내가 가진 무기력에 링거를 꼽는 거라나 뭐라나.

서서히 졸음이 몰려오기 시작할 때면 믹스커피 두 봉지를 머그컵에 넣고 조금 걸쭉한 상태로 마셔봐. 에스프레소 같은 느낌도 나. 주방 서랍장 선반 위의 200개 들이 믹스커피 박스를 보고 있으면 마냥 든든한 느낌이 들어. 밤이 무섭지 않아. 믹스와 함께+라면 무적이지. 밤아 기다려라.

달
다

하루 걸러 한번씩 올빼미 생활을 했더니 눈꺼풀이 내려 앉는다. 내리는 빗소리가 자장가가 따로 없구나. 수정과 마감은 할머니 류마티스 관절염보다 더 자주 찾아온다. 통증을 동반한 지긋지긋함이라고 할까? 끝끝내 지켜야 할 마감이란 녀석은 뒤로하고 일단 잠을 청한다.

　무거운 머리통을 의자 등받이에 걸쳐 놓고 한참을 있었더니 삐걱 삐걱 소리를 다 낸다. 내 목이 아픈건지 의자가 아픈건지 헷갈린다. 내리는 빗소리에 맞춰 고개가 움직인다. 달다.

을(乙)러스트레이터

에헴~

지렁이도 밟으면 꿈틀 한다는데, 을은 꿈틀하는 순간 딸린 식구들과 먹고 사는 일차원적인 문제를 생각할 수밖에 없다. 살면서 갑이었던 적이 없는 것 같다. 밀린 작업에 대한 독촉 전화를 수도 없이 받았다. 물론 러브콜도 그에 못지 않았지만.

수도 없이 썼던 계약서엔 늘 을에 대한 요구 조건만 있을 뿐이었다. 요즘 쓰는 작업 계약서엔 을이 아니라 갑으로 표기가 되어 있지만 을에 대한 요구 조건을 갑으로 바꾸었을 뿐 달라진 건 없다. 을은 거지가 아니다. 일 한 만큼의 대가를 바랄 뿐이다. '을(乙)러스트레이터'로 살아가는 동안 삼켰을 눈물들.

비
오
는
날
의
카
페

동네 카페는 내게 편안한 작업실이다. 커피 한 잔 시켜놓고 끄적거리다보면 금방 하루가 간다. 작업을 하다 잠시 고개를 들어 창문 밖을 보니 우산 쓴 사람들이 슬로우비디오처럼 느리게 지나간다. 희안하게도 비오는 날 작업하면 못 그려도 잘 그린 느낌이 든다. 기분 탓일까? 어쨌든 그 덕분에 작업 진도도 빨라졌다. 어느 비 오는 날엔 한 달 동안 끙끙 싸맸던 일을 서너 시간 만에 해치운 적도 있다.

며칠간 지우고 그리기를 반복했던 숙제들이 그 끝을 보이고 있다. 마감 날짜를 지킬 수 있어서 내리는 비가 고맙다. 카페 안이 사람들로 북적이는 걸 보니 저녁시간이 다 되었나 보다. 가방을 정리하고 자리에서 일어선다. 비 오는 인파 속으로 천천히 몸을 맡긴다.

숫기 없음에 대하여

처음 출판사 미팅을 가면 워낙 말 수도 적은데다 가만히
있으면 화났냐고 물어보기까지 했다. 아, 그게 아닌데.
친구나 후배와는 미친듯이 장난치고 욕도 잘하는데
낯선 장소, 낯선 사람들과는 왜 그렇게 서먹한지.

회식이라도 할라치면 꿔다 놓은
보릿자루처럼 구석을 지키곤 했다.

아, 숫기 없음이여~.

웃으면 돈이 와요

출판사 편집자들과 하는 회의가 하염없이 늘어질 때가 있다. 결론이 뻔한 이야기를 듣고 또 듣다 보면 이런 영양가 없는 회의를 계속해야 하는지 자괴감이 들 때가 많다.

이럴 때 사용하는 나만의 무기가 하나 있다. 미소. 물론 비웃는 건 절대 아니다. 상대방의 기분에 맞춰 맞장구를 치면서 살짝 웃어주는 게 포인트다. 이거 은근히 효과가 있다. 가끔씩 표정을 바꿔주면 더 효과가 크다.

앞으로 작업 때문에 몇 번 더 미팅을 해야 하는데 그때마다 표정을 어떻게 지어야 할지 벌써부터 난감하다. 하늘 한번 정말 파랗구나. 사는 게 뭔지. 웃으면 정말 복이 올까? 아님 돈이 올까?

고기는 일곱시

선배 디자이너와 정육식당에서 밥을 먹었다. 늘 먹던 삼겹살 대신 항정살, 가브리살, 목살 이렇게 부위별로 주문했다. 고기가 달라지니 사람도 달라진다. 평소 먹던 것과 달리 무슨 미식가가 된 것처럼 고기를 소금에 살짝 살짝 찍어 먹었다.

불판 위에서 지글거리는 고기를 음미하다보니 8시를 넘었다. 7시는 어딘지 모르게 고기를 먹기에 가장 좋은 시간이라고 생각했다. 6시는 너무 이르고, 8시는 조금 애매하다. 고기는 7시, 어감이 좋다. 고기는 7시 고기.

오
백

500은 맥주 500ml의 줄임말이다.
호프집에선 "맥주, 500주세요"라고 하지 않는다.
그냥 "500이요!" 하면 다 통한다.
맥주의 용량을 의미하는 단어가 아니라
맛있는 맥주 브랜드의 느낌이 난다.
그 어감이 좋다.

알럽 무툭튀

어린 소년이
금고를 따고 있다.

친척 동생의 부탁으로 티셔츠에 들어갈 그림을
그렸다. 만족스럽게 나왔다는 문자를 받았다.
"고마워 형!" 한 마디에 기분이 좋아진다.

이번엔 대전에서 큰 빵집을 하는 친구의 부탁으로
따뜻한 겨울차, 자몽티와 레몬티, 핫초코를 그렸다.

바지를 입다보면 유독 무릎이 나온 것들이 있다.
집에서 입는 체육복 바지가 유독 그렇다. 책장에 앉아서
작업을 하다보면 양반다리를 해서 그런가보다.

생각해보니 이 바지를 입고 그릴 때 가장 재미있고
웃기는 그림들이 나온 것 같다. 역시 작업할 땐 양
반 다리여~. 무툭튀 알럽.

작업을 하다보면 몸을 앞으로 숙여야 하는데
그때마다 머리카락이 자꾸 눈을 찌른다.

예전에 쓰던 헤어밴드를 꺼냈다.

웬 아주머니 한 분이 딱!

지금은 걸어야 할 때

비워내고 또 채우는 일상

매일 바뀌는 바람은
어디에서 불어오는 걸까

지금 이대로가 좋은 것 같은데

늘 새로운 일상은 시작된다

지루한 작업을 밝혀줄 밤 동무

의지할 수 있는 건 연필 한 자루 뿐
지금은 계속 걸어가야 할 때

센스

출판사에서 갖는 오랜만의 회의.
물 한 잔을 부탁했는데 녹차를 한 잔 내왔다.

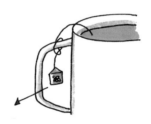

녹차 티백 끝에 붙어 있는 종이가 컵 안으로
들어가지 않도록 컵 손잡이에 살짝 감아 놓은
것을 보니 기분이 좋아졌다.

세심과 배려 사이 어디쯤엔가 매달려 있는
센스라는 이름의 티백

커피를 머그컵에 담아놓고 마시다보면 손잡이를 사용하지
않고 중지와 엄지로 잡고 그 사이로 마시게 된다. 굳이
손잡이가 없는 컵으로도 난 뜨거운 커피를 잘 마신다.

커피 갑니다! 입에 하나 물고 양손에 네 개
씩. 한꺼번에 7~8잔씩 커피 심부름을 했던
적도 있었다. 지금은 이십년도 넘었네.

처음엔 뜨겁다가도 시간이 지날수록 식어가는 커피를
보면서 사람의 관계를 생각해본다. 사람을 만나는 것,
언젠가는 식어버릴 커피처럼 쓸쓸한 일일까?

먼지 같은 세상

네모난 틀 속에 빼곡히
들어찬 글과 그림들.

채웠다가 비우고, 비웠다가 채우는
반복된 일상.

한 장의 종이 위에 두 개의 공간이 존재하지만
같은 방향을 바라보는 것은 힘들기만 하다.

지우거나 그리면서 느끼는 수많은 감정들.
그곳에 옳고 그름 따윈 없다.

돈의 무게만큼이나
삶은 어느새 남루해졌다.

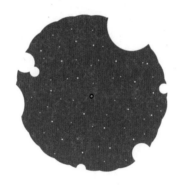

우주에서 본 지구의 모습.
먼지 같은 세계 속에 먼지보다 작은 존재로
살고 있다. 난, 누가 뭐래도 나의 길을 간다

3장

우리는 모두 이 별에
불시착했다

지구에 불시착하다

여기는 지구

서로 다른 별에서 온 사람들이 지구라는
행성에 잠시 불시착했다. 외로움은 깊이
묻어둔 채 약속 장소로 향한다.

지구인들을 잘 챙기는 지인과
후배가 모처럼 한자리에 모였다.
이런 자리엔 삼겹살이 최고!

지구에서는 보이지 않는 끈 같은 게 있어서,
어느 한 쪽이 느슨해지면 다른 한 쪽이 안부라는
줄을 당긴다. 당신은 혼자가 아니라고.

지우개

아픈 기억들을 단숨에 지울 수 있었으면
좋겠다. 내 몸이 으스러져 가루가 되더라도
그 아픔을 지울 수 있다면.

서
울
의
달

무더웠던 여름은 팬티 한 장만 걸치고 이겨냈다. 유난히 추웠던 그해 겨울도 경수, 광식이와 함께 버텨냈다. 서울 낯선 옥탑방 위의 우리는 꼬물거리는 세 마리 애벌레였다. 젊음이라는 무기 하나만 갖고 맨땅에 헤딩하듯 찾아온 서울 땅은 그리 녹록지 않았다. 쓴 소주가 달달하게 느껴지는 나이가 되니 청춘이라는 단어가 생각났다. 무엇도 두려울 게 없던 그 시절 '무데뽀' 정신.

안되면 죽기 밖에 더하겠냐던 광식이, 서울도 다 사람 사는 곳이라며 너스레를 떨던 경수. 죽지 않고 잘 살고 있는 광식이는 유통업을 크게 하고 있고 10년 전 미국으로 훌쩍 떠난 경수 녀석은 웹디자이너가 되었다. 지금은 모두 떨어져 있지만 그 시절 이

야기를 떠올리면 뭐가 그리 서러웠는지 이야기 말미에는 눈물을 훔치곤 한다.

청춘이라는 험난한 나날들을 이겨낸 꼬물이 애벌레들. 불어오는 바람에 몸을 맡기고 훨훨 날 수 있는 나이가 되었다. 이제는 모두 떠난 빈 옥탑방 위에 옅은 미소의 초승달만 길게 떠 있다.

나를 사랑하는 일,
세상에서 가장 어려운 것 중 하나

귀를 기울이다

퇴근 후 친구를 만났다

한숨 섞인 친구의 말이 조금
서글퍼 보인다

가끔은 웃었다가

세상을 원망도 하고

체념도 한다

오늘은 말없이
친구의 이야기를 듣기만 했다.
그냥… 들어주기만.

존나
답게
살기

김포에 사는 친구를 만나러 일산대교를 넘는다. 우리의 만남은 늘 비슷하다. 밥 먹고 차 마시고 수다 떨고. 운전 때문에 술 한 잔 함께 나누지 못하는 것은 늘 아쉽다. 오늘도 삼겹살로 배를 채우고 카페로 자리를 옮겨 이런 저런 얘기를 나눴다.

"요즘 사는 게 어때?"

내 질문에 친구는 밑도 끝도 없이 '존나'하고 만다. 서로 바라보면서 피식 웃었다. 그래 인생 뭐 있냐? '존나(좋은 나)'답게 사는게 정답이지. 그래, '존나' 아름다운 밤이다.

화석 같은 상처의 흔적

샤워 후 스킨을 바르며 거울을 보다 깜짝 놀랐다. 얼굴이 온통 피범벅이다. 어디에 상처가 났는지 얼굴을 아무리 살펴봐도 보이지 않는다. 그러다 문득 손가락이 아린 것 같아 왼손을 보니 네 번째 손가락 끝에서 피가 몽글몽글. 살점이 떨어져 덜렁거린다.

거울에 비친 얼굴만 보고 호들갑을 떨었던 내 모습이 창피했다. 내 삶 어딘가에 있을 어두움들은 평소에는 그 모습을 감추고 있다가 스스로가 힘들다고 느껴질 때 불쑥 찾아온다. 늘 겉모습에 취해 속사람이 어떤지 무관심하다. 그러다 어딘가 곪거나 터지거나 하면 비로소 내면을 들여다본다.

삶이라는 폴더에 마우스를 가져다 대고 우측 버튼을 누르면 속성이 나온다. 속성을 들여다보기 전까지 삶은 계속해서 아프다고 신호를 보내는데 무관심하게도 우리는 그걸 알아채기 전까지 나를 계속 채찍질 한다.

삶의 또 다른 속성 앞에 무심한 좌절. 무엇에 부딪힌 것도 아닌데 손끝에 맺힌 피는 멈추지 않는다. 주방 서랍 속에서 시간이라는 반창고를 찾아 붙였다. 아문 자리에 또 화석 같은 상처의 흔적이 남겠지.

자
기
방
어

찔려서 피가 나도 눈물로 삼킬 수 밖에 없는
그런 날이 있다. 밖으로 난 가시가 아니라
속으로 피어난 눈물 꽃.

오랜만에 만난 친구 녀석과 반갑게 만났다. 소란스러운 매장 한편에 앉아 얘기를 나누다가 주위를 둘러본다. 외박 나온 짧은 머리 군인과 애인인 듯 보이는 여자와 팔짱을 낀 채 주문을 하고 있다. 그 옆에서 10대 여자 아이들 특유의 맑은 웃음소리가 흘러나온다.

　인생 뭐 있겠냐 하던 철없던 10대 시절, 친구는 교실 창문에 걸터앉아 도시락을 먹고 있었다. 창문 밖에서 불던 바람이 커튼 자락을 슬쩍 슬쩍 건드리던 모습이 지금도 생생하다.

　온갖 있는 폼은 다 잡고 밥을 먹고 있는 녀석을 보고 있자니 조금은 웃기기도 하고 쟤는 무슨 생각을 하고 있을까 궁금했다.

　거친 세상을 모르던 순진한 '고딩어' 두 마리는 학교라는 울타리 안에서 선생님과 친구들이 주는 영양분을 먹고 자랐다. 그리고 시간이 흘러 어른이 되어 낯선 곳에서 마주한 우리는 한 손에 설탕 가득한 도넛을 들고 헤벌쭉 웃고 있다.

남자로, 군인으로, 몇번 남지 않은 민방위 교육의 폐해를 안주 거리 삼아 썰을 풀고 있다. 입에서 나오는 이야기가 길어지는 걸 보니 슬슬 장소를 옮겨야 할 것 같다. 이제 우리 아저씨다. 남자, 군인, 아저씨.

마음의 눈으로 세상을 보는 것은
언제나 가슴 뛰고 설레는 일

세월의 굳은 살

그 시절 녀석이 꿈꾸던 것이 이것이었더라면, 지금쯤 녀석은 그때보다 더 멋진 모습으로 날개를 펼치고 있지 않았을까?

어느 시점, 어떤 선택에 따라 우리 인생의 모습도 달라진다. 느릿하게 기타를 퉁기던 손가락 마디마다 세월을 견뎌낸 굳은살들이 아련한 추억을 소환한다.

그렇게 그냥 오르다보면

팔을 뻗어야 해.
길 같은 건 없어.
스스로 만들어 갈 뿐.
그렇게 그냥 오르다보면.

밤의 공원

5km 남짓. 호수공원 둘레길이 이 정도 된다. 밤 11시가 되면 호수공원 가로등이 일제히 꺼진다. 암흑. 처음엔 너무 깜깜해서 보이지 않던 길이 한 걸음, 한 걸음 옮길 때마다 서서히 눈에 들어온다. 무섭지 않은 어둠을 걷는다. 간혹 마주 오는 사람과 지나칠 때면 같은 시간 속을 걷고 있는 또 다른 누군가가 있다는 것에 안도한다.

나만 이 길을 걷는 것이 아니구나. 나만 이 어둠 속을 걷는 것이 아니구나 생각하니 마음이 한결 차분해진다. 어둠은 곧 새벽에 밀려 저만큼 달아나는 걸 알기에.

세
상
에

매
달
리
다

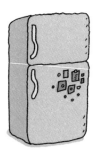

물을 마시려고 냉장고 문을 열다가 손잡이
주위에 다닥다닥 붙어 있는 자석이 눈에 들어왔다.

모양도 가지각색, 저마다 품고 있는 이야기가 있다.
전단지 음식을 시켜먹고 받은 쿠폰 자석과
여행 갔다 사가지고 온 기념품들이다.

세상에 뒤쳐지지 않으려고 발버둥치며 붙어 있는 것이
꼭 내 모습을 보는 것 같았다. 나이가 들면서 세상살이가
조금씩 이해된다. 버티는 삶이 어떤 것인지.

감
기

한 번은 마주해야 할 길고 아픈 시간들,

현기증나는 오후

술 취한 취객이나 연인들이 앉던 벤치가 오늘은 내게 자리를 내어주었다. 벤치에 앉아 양 옆으로 우뚝 선 아파트를 올려다 보았다. 십분 정도 전화 통화를 하는 사이 사방은 고요했다. 문득 내가 있는 이곳이 어딘지 현기증이 났다.

시간을 훑고 지나가는 자동차 소리가 현실이라는 것을 깨닫게 해주었다. 엉덩이의 먼지를 툭툭 털고 일어났는데 어느 방향으로 가야할지 몇초간 망설이다 뒤돌아보니 난 그곳에 없었고 빈 하늘 위에 뜨거운 태양만이 벤치 위로 쏟아지고 있었다.

새
벽
녘

물방울이 튄다.
뒤척이던 게으름이 새벽을 깨운다.

입안이 온통 쓰다. 하루치 약을 다 먹고도
떨어지지 않는 걸 보니 의심했던 감기가
맞았다는 생각이 든다.

작은 먼지 같은 것들이다.
시간은.

새벽이 주는 적막감이 좋다.
훌쩍 자전거를 타고 새벽길을 달려 도착했던
친구네 집엔 이제 다른 사람들이 살고 있다.

매일 같은 이야기들 뿐….

어디서 돌아왔는지 알 수 없는 길.

어제의 내가 내가 아니듯 지금 나도 내가 아니다.
새벽이라는 모호함이 주는 선물.

눈(雪)물

아침부터 눈발이 거세다. 버스를 타고 서울로 나가는 길. 버스 정류장은 선거유세 차량에서 흘러 나오는 음악과 대통령 후보를 지지하는 정당 사람들의 확성기 소리로 요란하다. 20분을 떨며 기다리자 버스가 도착했다. 버스 안에선 눅눅한 날씨 냄새와 온풍에서 뿜어져 나오는 더운 공기가 뒤섞여 국적 모를 요리같은 냄새가 났다. 버스 맨 뒷줄 바로 앞에 몸을 실었다. 일산 시내를 관통해서 자유로로 들어서니 창문 밖이 온통 눈 세상이다. 강 건너편 산과 들도 조용히 눈을 맞는다. 눈발이 거세진 걸 보니 버스가 제법 속도를 내는 모양이다.

　목적지를 향한 발걸음이 편하지 않다. 또 누군가를 원망하는 마음이 앞섰나 보다. 마음속으로 원망 따윈 하지 말자 다짐한다. 고개를 치켜들고 하늘을 보니 얼굴 위로 눈송이가 눈물이 되어 흩날린다.

어른이 된 소년

문득 몇 층을 눌러야 할지 생각나지 않는다.
난 어디쯤 살고 있었지?

엘리베이터 문이 열리면 현관문이 아닌
다른 세계가 열리는 건 아닐까 상상에 잠긴다.
엑설런트 어드벤처에 나온 테드(키아누리브스)처럼
과거로 시간 여행은 어떨까?
10년 뒤 미래는 지금보다 얼마나 바뀌었을까?
영원한 소년으로 남은 친구가 어른이 된 내 안부를 묻는다

어른이 되기 전 열 아홉 친구는
그렇게 기억으로 남았다.

길 위에 떨어진 장난감 부속 하나를 주웠다.
동네를 걷다보면 발견하게 되는 수많은 이야기들이 있다.

어린 아이가 흘리고 간 아이스크림 막대

발로 비벼 놓은듯.

필터 부분까지 타 들어간 담배 꽁초

민들레와 이름 모를 작은 꽃들

벌레도 있다

그리고, 한 달이면 서너 번 목격하게 되는 안타까운
죽음들. 모두 길 위에서 피어나고 사라지는 현실의 현실.

무슨 소리든 지르지 않고는 견딜 수 없었다
애꿎은 마이크만 침으로 익사시킨 어떤 날.

삼일 정도 청소를 못했더니 먼지가 많이 쌓였다. 책 정리를 하고 바닥에 떨어진 머리카락을 청소기로 밀었다. 한결 깨끗해졌다. 삶의 부스러기들….

완벽하지 않아도 괜찮은데 작은 먼지 하나라도 눈에 띄면 가만히 있을 수가 없다. 청소기를 돌리든지, 걸레로 훔쳐서 먼지를 없애야 한다.

몸에서 떨어진 부스러기 같은 삶의 조각들, 예민해진 나를 발견할 때 삶은 좀 쉬어 가라고 한다. 서두르지 말고 조용히 나를 바라보라고.

첫눈

날씨가 추워지면서 눈도 자주 온다. 연말이라 그런지 주변 친구들이나 동생들이 보고 싶어진다. 연말이면 동네 문방구나 팬시점에 전시된 크리스마스카드나 연하장을 고르며 받으면 좋아할 사람을 생각하던 시절이 있었지.

인터넷이 이런 행복들을 앗아가버렸다. 작은 손 편지 한 장에도 가슴 뭉클했던 시대를 지나온 것만으로도 감사해야지. 잠깐 내린 눈이 아파트 주차장에 세워둔 자동차를 하얗게 덮는다.

복도 천장에 달린 센서가 반응한다.

1층 계단을 내려와 심호흡 한 번.
아직 바깥 공기가 차갑다.

꽉 들어찬 쓰레기통 앞에서 발걸음을 돌린다.

비워지지도 않았는데 꾸역꾸역 채워진 쓰레기통을
보니 가끔씩 어긋나는 일상이 바로 오늘인가 싶다.
괜찮다.

오른 손목이 시큰거려 한 장.
왼쪽 팔꿈치가 시큰거려 한 장.
덜그럭거리는 내 인생에 한 장.
소나기 같은 시원함이 내 몸 속 깊이 스며든다.

햇살로 내린 커피 한 잔

아내는 회사로 아이들은 학교로 등교하고 나면 식탁을 정리하고 커피를 내린다. 주방 가득 커피 향이 진동한다. 맞은 편 아파트 사이로 햇살이 거실을 비춘다. 거실 바닥으로 쏟아지는 햇살을 물끄러미 바라보다 문득 생각에 잠긴다.

저렇게 창문을 통해 들어오는 한 줌 햇살 만으로도 어둑했던 거실이 환하게 밝아지는구나. 마시던 커피 잔을 내려놓고 거실 바닥에 누웠다. 눈을 감으니 붉고 노란색 커튼을 친 것 같다.

눈동자를 이리저리 굴리면서 햇살을 만끽한다. 눈 속을 부유하는 먼지를 따라 햇살도 붉은색을 띠었다가 다시 은은한 노란색으로 따뜻함을 전해준다. 평온하다는 단어로는 다 설명할 수 없는 포근한 햇살이 내 안을 가득 비춘다.

애그
샌드위치.

아침 겸 점심(아점)으로 토스트 먹고

간식으로 커피 한 잔과
귤 몇 개, 견과류 한 봉지 먹고

저녁으로 따뜻한 밥과 국까지
정말 잘 챙겨 먹은 하루…

삼시 세끼를 꼬박 챙겨 먹고 책상 앞에 앉아 끼적이고
8시뉴스 보고 나니 어느새 창밖은 어둠이 깔려 있다.
다음 주엔 홍대 작업실까지 걸어갈 볼 생각이다.
기대 반, 걱정 반.

말들

말에 상처 안 받으려면 말을 무시해야 한다.
내 귀엔 아무 것도 들리지 않는다고 주문을 외운다.
언제부턴가 스스로도 현실적이 되었다는 말이 가슴
아프다. 말은 또 다른 거짓된 말들로 그 모습을 바꾼다.

엉뚱한 상상

가끔은 이런 상상도?

개
서
러
움

두 달에 한 번 정수기 필터 교체를 위해서 코디 분이 방문한다. 몇년째 같은 여성 분이 오시는데 이 분만 보면 자지러지게 짖어대는 콩지 녀석 때문에 여간 난감한 게 아니다.

택배 아저씨나 경비 아저씨 같은 남자들에게는 거의 짖지 않는데 유독 여자들에게는 심하게 짖는 편이다. 정수기 필터를 교체한다고 집에 한참 있어야 하는데 짖는 걸 멈추지 않으니 정수기 앞에서 돌아서지도 못하고….

너무 미안해서 콩지를 안고 방으로 들어왔다. 눈빛을 교환하며 무언의 압박을 했더니 뭔가 서러운 눈망울로 나를 쳐다본다. 네 편 안 들어줘서 서운했구나.

필터 교환을 끝낸 뒤 서둘러 현관문을 나서는 코디 분에게 거듭 사과를 드렸다. 강아지는 원래 얼굴 자주 봐야 친해진다며 활짝 웃으신다. 어쨌거나 콩지 녀석, 제 집으로 돌아가더니 한참을 불러도 나오지 않는다.

그래
웃
자

생각의 소용돌이 속에서 길을 잃는다.
어려울 것 없는 세상 일들. 웃어 웃어.

그래 웃자.

이 책을 위해 후원해 주신 분들

신상준	김우진	산모퉁이	성문규	신진택
양희주	김보금	김주환	이소영	주은아
조은미	임형진	홍연의	최재신	이지연
문경식	한뻠	이경현	이성호	황보미경
정하동	김영준	김문하	박현지	김세라
정종구	양유리	김항수	최혁진	임성식
한동오	정윤권	강윤석	성계명	오정훈
김광식	윤석남	유인숙	Rachel Lee	김현
심현아	손수용	김순기	김태용	권영묵
mariemom	곽경덕	윤성희	정집권	박전무
김병기	이철준	김용필	한규웅	김예환
박용배	정인숙	심상민	박재원	이소현
렉싱턴	박윤정	차동혁	한승규	박희관
김종필	서지선	박어진	윤사무엘	이윤신
이준호	전기범	이정석	양희정	이동휘
한상철	장원	김형주	김은혜	박정욱
경기수	이규호	안현종	이상수	임종훈
박중국	박성진	배정인	김경철	김경호
조원재	최용호	최용욱	현수빈	김상균

(후원 순)

하루가 미안해서

초판 1쇄 인쇄 2018년 6월 12일
초판 1쇄 발행 2018년 6월 20일

지은이 김학수
펴낸이 정재학
펴낸곳 퍼블리터
등록 2006년 5월 8일(제2014-000181호)
주소 경기도 고양시 일산동구 정발산로 24(장항동 868) 웨스턴타워 T3 508호
대표전화 (031)967-3267
팩스 (031)990-6707
이메일 publiter@naver.com
홈페이지 www.publiter.co.kr
페이스북 www.facebook.com/publiter1
기획 곽경덕, 임성준
마케팅 신상준
디자인 정스테파노
인쇄 및 제본 천광인쇄

値 13,800원
ISBN 979-11-955130-6-2 03810